AF178150

Filou in der Hütte, oder:
Kleiner Kater auf großer Fahrt

Impressum

Copyright: © 2014 Alfred Mittelbach

„Filou in der Hütte, oder: Kleiner Kater auf großer Fahrt", 2. Auflage

Verlag: tredition GmbH, Hamburg; http://tredition.de

Illustrationen: Zorana Tadic, http://fiverr.com/zoranalp

Bucheinband: http://fiverr.com/nineheart99

978-3-7323-0023-5 (Paperback)

978-3-7323-0024-2 (Hardcover)

978-3-7323-0025-9 (e-Book)

Filou's Hütte

Überlebenskrise I

Angst …

Wo bin ich?

Kalt ist es nicht. Es ist zwar nicht dunkel, aber auch nicht richtig hell. Es riecht irgendwie würzig und ich glaube, ich komme hier alleine nicht raus.

Mein Magen knurrt und ich bin so müde. Vor drei Tagen noch kuschelte ich mich einfach an meine Mama, und dann gab es leckere warme Milch.

Was soll ich nur tun? Ich habe Angst, denn nun bin ich ganz allein. Langsam kehrt die Erinnerung zurück. Da war ein Zweibeiner … eine Kiste in einem Auto … Dunkelheit. Zuerst kletterte Mama aus der Kiste, dann ich … .

Wo bin ich hier nur?

Ich stecke fest, komme weder vor noch zurück. Es wird ganz dunkel … dann heller … wieder dunkel.

Mein Hunger und Durst sind unerträglich. Ich fange an zu jammern. Erst leise … dann lauter … zuletzt schreie ich, so laut ich kann.

Da! In der Nähe sind Stimmen! Offenbar hat mich jemand gehört! Über mir lautes Poltern, dann wird es ganz hell, und plötzlich ist da diese große Hand, die mich sanft packt und langsam in die Höhe hebt.

Vor lauter Schreck kann ich nicht einmal protestieren und bin zu schwach, um mich zu wehren.

Mich umfängt helles Licht. Ich muß meine Augen schließen. Als ich sie zögerlich blinzelnd öffne, schaue ich in die braunen, vertrauenerweckenden Augen eines Mädchens. Sie sagt, ich sei so süß und winzig und sie müsse mich gleich zum Tierarzt bringen.

Und da sind sie schon wieder, diese unvermeidliche Kiste und eine weitere Autofahrt. Die Erlebnisse der letzten Tage haben mich so erschöpft, daß ich bei dem leisen Brummen des Autos sofort in einen tiefen Schlaf falle.

Das Ziel der Reise ist diesmal aber offensichtlich nicht der Wald, sondern ein großes Haus, in dem viele Tiere wohnen.

Dort bringt man mich erst einmal in ein eigenartiges Zimmer, das noch viel eigenartigere Gerüche verströmt. Neben unzähligen fremden Dingen, die scharf und angsteinflößend riechen, schnuppere ich auch den Geruch von vielen anderen Tieren, und ich rieche ihre Angst.

Und dieselbe kriecht mir nun auch allmählich in die Knochen. Mein Nacken- und Rückenfell sträubt sich, als ein großer Mann in einem weißen Kittel, der eine komisch aussehende Schlange um den Hals gehängt hat, mich aus der Kiste herausnimmt und mich auf den silbrig blitzenden Tisch setzt, der in der Mitte des Zimmers steht.

Brrrrrr, ist das kalt an den Pfötchen!!!

Bei dem penetranten Geruch, den dieser Tisch ausströmt, dreht sich mir beinahe der Magen um. Wobei … der ist ja im Augenblick ohnehin leer.

Der Mann mit dem weißen Kittel steckt sich ein Ende der komischen Schlange in die Ohren und tastet mich mit dem anderen, kalten Ende ab, während er mich mit einer seiner großen Hände festhält. Widerstand ist zwecklos, da nützt sogar mein drohendes Fauchen nichts.

Nachdem er endlich mit dem Abtasten fertig ist, sagt er zu dem Mädchen mit den vertrauenerweckenden Augen, ich sei ziemlich geschwächt, unterkühlt und abgemagert, dazu noch sehr jung, kurzum: meine Überlebenschancen stünden schlecht.

Das Mädchen erzählt, wie sie mich hinter einem Holzstapel regelrecht „ausgegraben" hat.

Das nette Mädchen heißt Simi. Sie und ihr Freund D.J. würden mich gern zu sich nehmen – falls ich es denn schaffe!

Ich muß zum Aufpäppeln im Tierheim am Landturm bleiben. Mal geht es mir besser, dann wiederum glauben alle, daß ich sterbe. Aber so eine Katze ist zäh! Ich will leben und habe ein Kämpferherz – das habe ich von meiner Mama!

Als Neuling unter solch beengten Wohnverhältnissen mit all den vielen Tieren hat man es nicht leicht. Die Hunde habe ich zwar glücklicherweise nur gerochen und von Ferne gesehen, aber auch den gleichaltrigen Katzen muß man erst einmal Respekt lehren, damit auch alle gleich verstehen, daß man seine täglichen Futterrationen notfalls auch mit Zähnen und Krallen zu verteidigen fähig ist.

Wüßte nicht, wann mein Hals jemals so trocken vom vielen Brummen und Fauchen gewesen wäre …!

Und wenn es nicht anders geht, muß sich auch der Mutigste manchmal an einen sicheren Platz zurückziehen, bevor es was auf die Nase gibt.

Ich habe es tatsächlich geschafft, ich habe überlebt!

Und dann durfte ich endlich nach Hause!

Ich war so glücklich, als Simi und ihr Freund zurückkamen, ihr Versprechen wahr machten und mich zu sich nach Hause nahmen. Nun war ich eine Einzelkatze und niemand machte mir meinen Schlafplatz und mein Futter mehr streitig! Ist das toll!

Ich wohne seither in Hütten, vielleicht heißt mein Haus aber auch nur „Hütte". Seltsame Ideen haben diese Zweibeiner manchmal … .

Identitätskrise

Meine neue Menschenfamilie, Simi und D.J., zeigen mir mein eigenes Zimmer mit Schlafkörbchen, Eß- und Toilettenecke.

Sehr komfortabel ist das hier, ich komme mir vor wie im Fünf-Sterne-Katzenhotel! Es gibt jede Menge Spielsachen nur für mich, vor allem aber viel Liebe und Streicheleinheiten.

Vor lauter Glück mache ich tausend Purzelbäume auf der Jagd nach meiner Lieblingsplüschmaus und den Spielzeugbällen!

Nun brauche ich natürlich noch einen Namen. Die Menschen in dem großen Haus mit den vielen Tieren sagten, ich sei ein Mädchen.

Ist das eine Auszeichnung?

Ein Lob?

Gar eine versteckte Beleidigung?

Was bedeutet das alles überhaupt, und woran, bitteschön, wollen die das erkennen? An meiner Stimme vielleicht? Das ist mir herzlich gleichgültig, denn in meinem Leben gibt es viel aufregendere Dinge als einen Namen.

Meine neuen zweibeinigen Eltern nennen mich „Macy" nach einem großen Einkaufstempel in der Stadt New York, wo sie kürzlich waren, und der offenbar nach mir benannt ist.

Nun wohne ich schon ziemlich lange in der Hütte und D.J. sagt, ich könnte ein wenig frische Luft ganz gut vertragen. Aber ich geb's zu: Mir ist diese große unbekannte Welt da draußen nicht ganz geheuer! Nachdem wir ausgesetzt wurden, mußte meine Katzenmama so oft auf die Jagd gehen, um unsere immer hungrigen Mäulchen satt zu bekommen.

Nun hatte sie nicht mehr viel Zeit, um meinen Geschwistern und mir Dinge für's Leben beizubringen, die man als Katze wissen und können muß.

Immerhin habe ich nun mit meinen neuen Katzenspielbällen heimlich einige Kampftechniken eingeübt: Schwänzchen aufplustern, dann schnell rein in den Nahkampf, ordentlich die Beißerchen einsetzen und mit den Hinterbeinen treten, und dann noch schneller aufspringen und erstmal verstecken, um eine neue Attacke vorzubereiten.

Ganz schön schlau, stimmt's?!

Simi meint, mir fehlen manchmal grundlegende Benimmregeln. Zum Beispiel schlafe ich ab und zu im Katzenklo, und dann meint Simi, ich würde nicht so riechen, wie eine junge Katzendame duften sollte.

Heute abend habe ich mich endlich mal in den Garten gewagt. In der Dunkelheit fühle ich mich viel wohler als am hellen Tag!

Vor der Hütte stand so ein tolles Gefährt, das die Zweibeiner Auto nennen.

Ein faszinierendes Teil, über das man sich natürlich auch als Katze eingehend informieren und dieses vor allem gründlich inspizieren und ausgiebig beschnüffeln muß!

Also nichts wie druntergekrochen unter das Ding – und stellt euch vor: da kann man sogar hineinkrabbeln! Also nichts wie rein da. Ooooch, war das schön warm da drin! Hier bin ich sicher! Mein eigenes Geheimversteck!

D.J. hat mich tüchtig ausgeschimpft, als er einmal mitbekommen hat, daß ich unter Autos herumstrolche. Auch in Nachbar's Auto gibt es solch ein Geheimversteck.

Bei anderen wiederum ist da kein Hineinkommen, also bin ich hier bestimmt einem Geheimnis auf der Spur! D.J. nennt meinen geheimen Unterschlupf „Motorraum" und meint, es sei sehr gefährlich, da hineinzuklettern.

Papperlapapp! Was kann mir denn da schon passieren?!

Als meine neue Oma, Opa, und D.J.'s Bruder zu Besuch kommen, um mich kennenzulernen, beguckt mich die Oma von allen Seiten und behauptet doch glatt, ich sei sicher kein Mädchen, sondern ein Junge … die ist vielleicht dumm! Die im Tierheim werden es doch wohl wissen!

Und dann kam da ein ganz seltsamer Tag: Als Simi mich rief, dachte ich noch, sie wolle mich streicheln oder mit mir spielen. Das lasse ich mir nicht zweimal sagen! Also Schwänzchen aufgestellt und um die Ecke gerast, um Simi zu erschrecken. Das klappt fast immer!

Aber dann schnappte sie mich – und, oh Schreck, wenn ich das Ding bloß früher gesehen hätte! – setzte sie mich wieder in diesen Korb hinein. Dann hörte ich Türen klappen, und das brummende Geräusch von der Blechkiste, die die Zweibeiner Auto nennen. Mir war ganz mulmig zumute und ich witterte drohendes Ungemach.

Am Ziel angekommen hob Simi den Korb aus dem Auto und schnaufte einige Treppen hoch – ich hab schon ordentlich zugenommen! Es schaukelt und ich mache schnell die Augen zu, sonst wird man ja ganz seekrank dabei!

Als das Schaukeln aufhörte, machte ich vorsichtig die Augen auf und lugte durch die Gitterstäbe. Wo waren wir denn hier?

Simi drückte auf einen Knopf, und plötzlich machte die Tür ein surrendes Geräusch und ließ sich von Simi öffnen.

Und da war er wieder: dieser magenumkrempelnde, beißende Geruch und die Angst von vielen anderen Tieren.

Resigniert rollte ich mich zusammen, legte mein Schwänzchen um meine Beine und begann zu schnurren, um mein aufsteigendes Unbehagen zu beruhigen.

Simi interpretierte das völlig falsch als Wohlbefinden meinerseits und lobte mich als tapfere Katze. Pah, die hat vielleicht gut reden …!

Nach einer kurzen Wartezeit ertönte eine Stimme, die ich nicht kannte, und Simi stand auf, nahm mich samt Korb, und ging in ein anderes Zimmer. Die furchteinflößenden Gerüche nahmen mit jedem Schritt, den sie ging, zu. Hiiiiilfeeeeee!!!!

Meiner Erfahrung nach würde nun irgendwann meine Gittertür geöffnet werden, wodurch sich möglicherweise eine Fluchtmöglichkeit für mich bot. Gespannt wie eine Sprungfeder spähte ich nach einer solchen aus. Ein kühnes Unterfangen im unbekannten Terrain, das völlig vom ebenso unbekannten Feind kontrolliert wird!

Da! Simi ging durch eine weitere Tür. Blieb diese offen, dann war er das hier – mein Fluchtweg!

Meine Hoffnungen zerplatzten, als Simi sich umdrehte und die Tür schloß. Ade, meine Freiheit und du schöne Welt!

Schüchtern blickte ich mich in dem Raum um, in den Simi mich gebracht hatte. Wahrscheinlich sehen diese Art Räume alle gleich aus: In der Ecke stand ein Tisch mit einer eigenartig flackernden flachen Scheibe, davor ein Stuhl, und in der Mitte des Raumes dieser furchterregende blitzende Tisch mit dem fürchterlichen Gestank, auf den Simi den Korb setzte.

Gleich würde sich meine Gittertür öffnen … Da zuckte ein neuer Plan in mir auf: Erst wollte ich nicht in den Korb hinein – jetzt will ich nicht heraus! Ha, das ist es! Die Zweibeiner muß man mit ihren eigenen Waffen schlagen! Warum ich da nicht viel früher drauf gekommen bin! Ich mache mich kampfbereit!

Um als Sieger hervorzugehen, muß man zuerst einmal seinen Gegner kennen und zuvor eingehend studieren. Da muß der Kontrahent zuerst einmal generalstabsmäßig unter die Lupe genommen werden. Dumme Sache, dafür fehlt mir jetzt irgendwie die Zeit … . Ach was, ich schaue der Gefahr mal kurz ins Auge, und dann muß ich mich eben auf meine gesunden Katzeninstinkte verlassen.

Die Frau in dem Zimmer macht einen netten Eindruck. Sie trägt einen weißen Kittel und diese eigenartige Schlange um den Hals wie damals der Mann im Tierheim. Simi redete sie mit „Frau Doktor Schmidt" an.

Jetzt kommt sie zu mir, öffnet die Gittertür an meinem Korb. Meine Verteidigungsvorsätze sind jedenfalls dahin, denn ich kann die Frau doch nicht einfach so beißen. Bin auch viel zu neugierig.

Was macht sie denn nun?

Sie steckt ihre Hand in meinen Korb und beginnt mich über Kopf und Rücken zu streicheln. Genüßlich schließe ich die Augen und beginne wohlig zu schnurren. Und eh ich's mich versehe, faßt sie mich sanft am Nackenfell, hebt mich aus dem Korb und setzt mich auf den kalten Tisch, ohne mich loszulassen.

Huch! Da ist ja noch eine andere Frau im Zimmer, die auch so einen weißen Kittel trägt, nur ohne Schlange. Die hatte ich doch glatt übersehen! Nun hält sie mich wie eine Schraubzwinge und dennoch ganz sanft fest und streichelt mich. Da ist nicht einmal ein Zappeln möglich!

Tja, ausgetrickst ... ! Ich mauze kläglich und beleidigt, aber die beiden und Simi reden mit ruhigen Stimmen auf mich ein. Den Gefallen, mich loszulassen, tun sie mir aber leider nicht.

Nach scheinbar ewig dauernden Untersuchungen stellt die nette Frau Doktor Schmidt mit der Schlange um den Hals trocken fest: „Ihre Katze ist zweifelsfrei ein Kater."

Nun war guter Rat teuer. Wir besuchten gleich die Oma. Die hat sich vielleicht kaputtgelacht! Nichts mehr mit Macy hinten und Macy vorn. Ich bin nun ein großer Junge und brauche einen neuen Namen. Ein ganzes Wochenende lang tagte der Kriegsrat der Familie – und nun bin ich Filou – klingt auch viel interessanter und gefällt mir richtig gut!

Nun begann eine tolle Zeit. Ich fraß für zwei, denn schließlich bin ich ein großer Kater, der nicht auf seine Taille achten muß; ich schlief, spielte, zog nachts kurz ums Haus und wurde immer stärker und mutiger! Mein Lieblingsplatz aber blieb der Motorraum, da half alles Schimpfen nichts.

Ende März fiel ich dann wieder auf den „Spielen"-Trick herein, landete wieder im Korb und auf dem kalten Tisch von „Frau Doktor".

Warum muß ich immer dort hin? So schön ist's da ja nun auch wieder nicht!

Diesmal piekste sie mich mit einer langen Nadel – aua! – das war gemein, und plötzlich wurde mir ganz seltsam zumute und ich fiel um und schlief. Dabei war ich doch noch gar nicht müde!

Als es mir langsam wieder dämmerte, brannte es höllisch unter meinem tollen Waschbärschwanz. Bis heute weiß ich nicht, was mit mir passiert ist.

Außerdem fühlten sich meine Ohrmuscheln irgendwie seltsam an.

Als ich in den Spiegel schaute, entdeckte ich in meinem rechten und linken Ohr eine coole Tätowierung. Nun bin ich also auch modisch auf dem allerneuesten Stand!

Überlebenskrise II

Und dann kam dieser Ostersonntag … .

Ich war die ganze Nacht draußen unterwegs, kam in meine Hütte zum Frühstück, und plötzlich spürte ich ein dringendes Bedürfnis, das keinen Aufschub erlaubte.

Das ließe sich wunderbar mit meinem Vorhaben kombinieren, noch einmal dieses große Mauseloch genauer zu untersuchen, das ich schon die halbe Nacht lang belauert hatte. Gesagt, getan …!

D.J. machte sich gerade zurecht und wollte mit dem Auto losfahren, um unsere anderen Tiere zu versorgen. Er rief nach mir, aber das war mir schnurzegal.

Dieses Mauseloch roch einfach zu aufregend, und den ersten Teil meines Ausflugs hatte ich ruckzuck erledigt. Aber dann war er weg und die Tür der Hütte zu.

Na toll, und dabei hatte ich nun genug gearbeitet, um mir ein kurzes Nickerchen in meinem Lieblingssessel zu gönnen.

Aber halt, da stand ja noch Simi's Auto!

Also zum hundertsten Mal rein in den Motorraum. Puh, ich war in letzter Zeit ganz schön kräftig geworden und paßte kaum noch hinein. Aber herrlich gemütlich war's trotzdem.

Kaum war ich am Einschlummern, hörte ich Simi nach mir rufen! Den Trick kannte ich schon: danach kam meist der Korb und Frau Doktor!

Aber nicht mit mir!

Ein bißchen beleidigt mauzte ich zurück: „Such mich doch!"

Aber was macht sie denn? Steigt ins Auto ein und plötzlich geht die Post ab!

Das Ding rattert mit Gebrüll los, daß mir beinahe die Ohren wegfliegen. Es fährt immer schneller. In den Kurven muß ich balancieren, damit ich nicht rausfalle. Außerdem wird es immer wärmer ... heißer – und es stinkt!

Mein Fell sträubt sich, ich kriege langsam Panik. Was soll ich tun? Jetzt rattert es, wir fahren wohl gerade über eine Buckelpiste? Das geht endlos so weiter, ich kann mich kaum mehr halten und bin mit meiner Kraft am Ende.

Endlich – nach gefühlten Stunden rollt das Auto langsamer und bleibt schließlich ganz stehen. Ich stehe unter Schock und habe wohl einen absoluten Filmriß.

Als ich zu mir komme, befinde ich mich auf einem anderen Planeten.

Meine Hütte ist weg, meine Familie ist weg und mein Garten auch! Sogar die Sonne scheint nicht mehr so hell wie zuvor.

...

Simi hat nicht bemerkt, daß Filou in ihrem Motorraum sitzt. Am Nachmittag in der Hütte bemerken sie und D.J., daß ihr Kater nirgendwo zu finden ist. Obwohl sie beim Blick in den Motorraum viele weiße Katerhaare finden, hoffen sie noch immer, daß Filou doch noch vor der Fahrt „ausgestiegen" ist – die Hoffnung stirbt zuletzt.

Am Ostermontag informieren die beiden „Tasso", die Tierheime und Tierärzte in der Gegend, sie drucken Suchplakate, rufen sogar den örtlichen Bauhof an, ob eine Katze im Straßengraben gefunden wurde ... von Filou keine Spur!

Eine Suchanzeige soll in der folgenden Woche in der Lokalzeitung erscheinen – das zermürbende Warten und Hoffen beginnt.

Filou fehlt nun schon drei Tage … .

Langsam komme ich zu mir, die Panik läßt nach, ich erkenne eine völlig fremde Umgebung. Nun ist guter Rat teuer. Wohin soll ich mich verkriechen?

Zum Glück ist es ein warmer, sonniger Tag. Der Hunger, den ich noch vor ein paar Minuten verspürte, ist mir sowieso vergangen.

Hinter mir sehe ich ein riesiges, altes, heruntergekommen aussehendes Haus; ich glaube, das muß eine Hütte sein, also nichts wie rein da! Halbdunkel – es riecht interessant.

Im vorderen Teil stehen so komische wollige Tiere. Aber die verstehen meine Sprache offenbar nicht, sondern gucken mich etwas begriffsstutzig an und kauen einfach weiter.

Und ich verstehe ihre eigenartige Sprache leider auch nicht. Ihr Futter ist jedenfalls nicht nach meinem Geschmack.

Pfui Spinne, wie kann jemand freiwillig so etwas essen …?!

Hineinlegen und drin wälzen ist aber prima! Es duftet wunderbar nach Gras, ich rolle mich klein zusammen und bin im Nu eingeschlafen.

Mein knurrender Magen weckt mich, und ich habe das Gefühl, daß etwas Unheimliches mich beobachtet. Erst raschelt es über mir, dann knurrt es und urplötzlich schießt ein braunes Fellknäuel auf mich zu.

Das Etwas ist fast so groß wie ich und will mich wohl anknabbern. Aber nicht mit mir! Es hat schwarze Knopfaugen, einen riesigen Puschelschwanz und die spitzesten Zähne, die ich je gesehen habe.

Als es mich damit beißen will, springe ich blitzschnell zur Seite, fauche furchterregend und fahre meine Krallen auf Maximal aus.

Ha, damit hat das Fellknäuel wohl nicht gerechnet, und scharfe Zähne hab' ich auch! Es quietscht verblüfft, macht plötzlich kehrt, und weg ist es!

Das kommt so schnell nicht wieder! Hoffe ich zumindest … . Ich fühle mich als stolzer Sieger!

Nach dem Kampf kommt nun auch der Hunger wieder zurück, an den ich vor Schreck gar nicht mehr gedacht hatte, und ich könnte eine gehörige Portion Futter vertragen. Doch wo gibt's das hier …?

Aus der Hütte heraus traue ich mich frühestens bei Dunkelheit, und weil ich den Tag verschlafe, bekomme ich auch nicht mit, daß meine Familie nach mir sucht.

Als ich wieder aufwache, sehe ich einen fremden Mensch, der mit einer riesigen Gabel in meinem Grasbett herumstochert.

Im letzten Moment, bevor ich aufgespießt werde, springe ich auf und flüchte ins dunkelste Eck der Hütte. Da steht so viel Gerümpel herum, daß ich mich hier mehr als einmal verstecken könnte.

Nach meinen bisherigen Erfahrungen mit fremden Zweibeinern gehe ich denen lieber aus dem Weg!

Drei Nächte bin ich nun schon hier. Futter habe ich seitdem keines gefunden und nur den Tau vom Gras abgeschleckt, um den größten Durst zu stillen. Am meisten aber vermisse ich meine Familie. Ich will so gern nach Hause!

Mein Überlebensinstinkt erwacht: Ich habe Durst!

Als es langsam dunkel wird, schleiche ich vorsichtig an den Wolltieren vorbei ins Freie und rieche Wasser.

Da plätschert doch irgendwo eine Quelle ... – mir tropft der Zahn. Ich nehme meinen ganzen Mut zusammen und rutsche langsam auf dem Bauch an die „Quelle" heran. Es ist ein malerischer kleiner Teich mit frischem Wasser.

Als ich meine Zunge genüßlich in das kühle, köstliche Naß eintauche, sehe ich im Wasser rote, glitzernde Schatten.

Huch, was ist denn das?

Frischer Fisch! Meine Leibspeise!!!

Einige von den Leckerchen schwimmen in Ufernähe. Ich tauche die Pfote ein, fahre die Krallen auf Maximal aus, und mit einer blitzschnellen Aufwärtsbewegung werfe ich den Fisch aus dem Wasser und in die Höhe.

Dabei habe ich etwas Glück, daß er auf dem Trockenen landet. Ich stürze mich auf ihn.

Zwar zappelt er und wehrt sich etwas hilflos, aber mit seinen Minizähnen kann er mir doch keine Angst einjagen – haps haps – weg ist er, und lecker war er!

Plötzlich scheint genau neben mir der Blitz einzuschlagen: es scheppert, daß ich fast taub werde, und eine schrille Frauenstimme kreischt: „Hau ab und laß dich hier nie wieder blicken!"

Zumindest den ersten Teil der freundlichen Aufforderung lasse ich mir nicht zweimal sagen und sause los – schnell wieder auf „Tauchstation"! Diese Zweibeiner gönnen einem auch wirklich nichts … .

Den nächsten Tag verschlafe ich wieder. Wo sind nur meine Mama und mein Papa?

Es regnet in Strömen, mein schützendes Dach ist undicht und ich werde pudelnaß. Na, wenigstens habe ich nun genügend Regenwasser zum Trinken.

Noch schlimmer als der Hunger ist meine Einsamkeit … vermißt mich denn keiner?! Ich weine still in mich hinein. Sicher werde ich bald sterben, der liebe Gott kommt dann und holt mich zu sich … .

Ich schlafe erschöpft ein. Doch dieser rebellierende Magen gönnt mir immer nur eine kurze Ruhepause.

Langsam ist mir mein schöner Pelz zu weit. Wenn ich mich putze, reibt meine Zunge schon über hervorstehende Knochen.

Vor Hunger ist mir ganz flau.

Da fallen mir wieder die leckeren frischen Fische im Nachbarteich ein. Trotz der Gefahr, erwischt zu werden, robbe ich im Schutz der Dunkelheit näher an den Teich heran.

Und tatsächlich schwimmen da meine kleinen Freunde munter umher.

Wie beim ersten Jagderfolg krieche ich auf dem Bauch liegend ganz langsam näher, strecke meine Pfote aus, fahre die Krallen auf Maximal aus … es tut einen mächtigen Plumpser, und dann paddle ich mit den Fischen um die Wette.

Durch das Gewitter war das Ufer glatt wie Schmierseife – dumme Sache, daß ich das erst jetzt bemerke.

Also Kopf hoch, und paddelnd versuchen, ein möglichst flaches Ufer anzusteuern. Leichter gesagt als getan, denn das Wasser ist ja nun mal überhaupt nicht mein Element!

Japsend und mit letzter Kraft schaffe ich es durch das Schilf ans rettende Ufer.

Puuuh, bin ich erledigt!

Nie wieder in meinem Leben werde ich frischen Fisch fressen, das schwöre ich … wenigstens in diesem Moment!

Nach all dem Wasser, das ich schlucken mußte, habe ich nun immerhin keinen Durst mehr. Frisch und unfreiwillig gebadet und ziemlich unterkühlt schaffe ich es gerade wieder in mein Grasbett.

Vor Erschöpfung schlafe ich auf der Stelle ein.

...

Ich wache auf.

Ruft da jemand nach mir, oder habe ich das nur geträumt?

War das nicht Simi's Stimme?!

Bis ich mich aufgerappelt, meine wolligen Freunde umrundet habe und an der Tür bin, verklingen die Rufe. Ich schreie, was meine Lungen hergeben, aber niemand scheint mich zu hören.

Und – oh Schreck! – zum ersten Mal seit sechs Tagen ist die Türe meiner Hütte fest verschlossen. Das hat mir ja gerade noch gefehlt …! Wenn man schon mal kein Glück hat, kommt auch noch Pech dazu!

Jetzt ist guter Rat teuer.

Da heißt es: systematisch vorgehen.

Ich schleiche immer weiter und weiter an der Holzwand entlang, während mein Blick die Gegend abtastet.

Manchmal fällt Licht durch einen Spalt, aber obwohl ich so schlank geworden bin, paßt mein dicker Kopf nirgends hindurch.

So, einmal bin ich jetzt rundherum gelaufen und stehe wieder ganz ratlos vor der verschlossenen Tür.

Mal sehen: Mein Blick wandert suchend in die Höhe.

Da fällt mir ein, daß der Puschelschwanz, der mich vor ein paar Tagen beißen wollte, wohl von oben her gekommen sein muß.

Und tatsächlich – ganz im hinteren Eck steht eine Art Treppe.

Das muß ich sofort untersuchen!

Die erste Stufe erreiche ich ohne Probleme, aber dann fehlt mir der Anlauf und es wird schwieriger.

Was also tun?

Ich nehme Anlauf, so weit es geht, fahre meine Krallen auf Maximal aus, ein beherzter Sprung … geschafft!!!

Das war eine sportliche Meisterleistung!

Hier oben ist es urgemütlich, und schöner ist es nur in meiner Hütte bei Simi und DJ! Mann, bin ich kaputt!

Erstmal ins weiche Grasbett kuscheln …

Am nächsten Morgen bemerke ich erst, daß ich nicht alleine bin. Hier oben gibt's Riesenvögel, halb so groß wie ich, und wie lecker die duften!!!

Und ein großes offenes Fenster haben die auch! Als die ganze Gesellschaft sich die Flügel vertritt, inspiziere ich die Nester genauer.

Oh, da liegen ja kleine, gesprenkelte Eier; mir läuft das Wasser im Munde zusammen! Eier kenne ich. Mein D.J. in der Hütte kann gleich fünf Stück auf einmal verdrücken, und ich durfte sie auch schon kosten – lecker!

Also nichts wie ran an das Ei!

Gar nicht so einfach, die Teile aufzubeißen. Immer rollen die weg! Endlich gelingt es mir … würg! Ist das glibberig! Ich habe immer nur das Gelbe über mein Fresserchen gekleckst bekommen.

Na, was soll's? Der Hunger treibt's rein! Wenigstens sind sie schön warm.

Gerade als ich mich über das zweite Ei hermachen will, kommen die Vögel zurück. Schwer zu sagen, ob die erschrocken oder sauer sind, mich zu sehen. Oh Mann, jetzt haben sie mich wohl als Nesträuber enttarnt, und haben offenbar kein Einsehen mit mir und meinem leeren Magen, und es setzt Hiebe.

Ihre Schnäbel flößen mir ganz schön Respekt ein. Hilfe, die hacken nach meinen toll tätowierten Ohren! So eine Gemeinheit!

Da hilft nur die Flucht nach vorn, nichts wie raus aus der Gefahrenzone!

Ich springe, segle aus dem Dachfenster und lande mitten auf dem Misthaufen. Der bremst zwar meine Landung, aber … puuuuh … dieser Gestank! Igitt!

Wenn Simi mich jetzt riechen könnte, würde sie wohl die Hände über dem Kopf zusammenschlagen – oder sich wahlweise die Nase zuhalten.

Mensch ist das eklig – wie soll ich mein fast weißes Pelzmäntelchen denn jemals wieder sauberkriegen?

Abschlecken geht gar nicht, da überkommt mich der Würgereiz. Das Gras ist noch taufeucht und ich wälze mich solange darauf herum, bis ich zwar ganz naß, aber doch ziemlich sauber bin.

Den Rest kann nun meine Zunge erledigen!

Endlich wieder trocken und einigermaßen frisch fällt mir ein, einmal danach zu schauen, woher eigentlich der ganze Mist kommt.

Vorsichtig schleiche ich mich näher an die riesige Hütte gegenüber – oh Mann, da stehen vielleicht große Tiere!

Die schauen aber ganz friedlich aus, haben angsteinflößende Hörner, ein rotbraunes Fell und ganz liebe, sanfte Augen.

Das Interessanteste aber ist ein dicker Beutel, der zwischen ihren Hinterbeinen hängt. Mein Blick schweift in die Runde, und kaum traue ich meinen Augen – da steht eine große Schale mit köstlicher frischer Milch. Jetzt weiß ich, daß ich überleben werde!

Mit geschlossenen Augen schlabbere ich genüßlich eine halbe Portion weg. Mehr geht nicht in mein dünnes Bäuchlein hinein, das nun kugelrund ist.

Und auf einmal werde ich ganz starr vor Schreck.

Ich blicke in die Augen eines dicken, roten Katers. Mir gefriert das Blut in den Adern!

Ich mache mich so klein wie möglich. Das hat Mama meinen Geschwistern und mir beigebracht.

Sie meinte, offensichtlich überlegenen Gegnern darf man so wenig Angriffsfläche wie nur möglich bieten. Also kauere ich mich zusammen und igle ich mich ein.

Leider stellt sich automatisch mein Rückenfell auf, und mein hübscher Waschbärschwanz ist dick wie eine Flaschenbürste. Hoffentlich interpretiert das der dicke Rote nicht verkehrt!

Ich versuche, mich aus dieser Verteidigungsposition seitlich wegzudrücken. Komisch, der Kater rührt sich nicht. Ich vermute, er ist sehr sehr alt und sieht und hört vielleicht nicht mehr so gut – mein Glück!

Hier in dieser Hütte werde ich bleiben, beschließe ich, wenigstens muß ich dann nicht verhungern, und warm und geschützt ist es auch! Die anderen Tiere, die hier wohnen, sehen auch ganz zufrieden aus, bestimmt sind die Menschen gut zu ihnen.

Wenn da nur nicht die große Sehnsucht nach meiner Familie und meiner Hütte wäre!

Mein kleines Herz tut weh und ich weine heimlich ein bißchen.

Happy End

Wahrscheinlich habe ich gemauzt vor lauter Sehnsucht nach Hause und nicht bemerkt, daß eine Frau auf dem Hof steht. Als sie mich sieht, stellt sie schnell den Eimer ab, den sie in ihrer Hand trägt und flitzt aus dem Garten.

Oh nein, das war doch nicht etwa die Tante mit den Goldfischen …?!

Egal, ich gehe hier keinen Meter mehr weg, lasse mich nicht mehr vertreiben. Upps, schon kommt die Frau zurück und hinter ihr – ich glaub' ich träume – ein hübsches junges Mädchen im Schlafanzug.

Sie sieht mich an und lockt mich mit zärtlicher Stimme: „Filou, mein Liebling! Komm' her zu Mama!"

Es ist meine Simi! Wie im Traum gebe ich Vollgas und habe Angst, daß sich das alles nur als Wunschbild herausstellt.

Aber sie ist es wirklich, denn ich springe direkt in ihre ausgestreckten Arme – und sie fängt mich auf! Und dann weinen wir beide ein bißchen vor lauter Glück … .

Nachdem wir uns ausgiebig abgeschleckt haben, trägt Simi mich zum Auto und setzt mich neben sich auf den warmen weichen Sessel.

Das ist so gemütlich, viel besser als im Motorraum, und es stört mich kein bißchen, als das Auto losfährt – und diesmal fährt es auch nicht zu „Frau Doktor".

Und plötzlich erkenne ich die Gegend wieder, und da steht ja auch meine Hütte!

Vor Glück kann ich mich kaum fassen und Papa D.J. drückt mich so doll an sein Herz, daß mir fast die Luft wegbleibt!

Kaum kann ich mein Glück fassen: Ich bin wieder zu Hause!

D.J. ruft nun sofort die Oma, den Opa und seinen Bruder an – und ich höre alle jubeln über die Botschaft, daß der verlorene tapfere kleine Kater wieder zu Hause ist – dem lieben Gott sei Dank dafür!

Unsere Gebete wurden erhört. Unser Filou ist wieder zu Hause!

...

Dies ist die wahre Geschichte des kleinen Katers Filou, der tatsächlich im Motorraum eines Autos auf eine unfreiwillige und gefährliche Reise gegangen ist.

Ob sich die acht Tage seines Verschwindens so oder so ähnlich zugetragen haben, bleibt allerdings sein ganz persönliches Geheimnis.

In den Wochen nach seiner Heimkehr hat er sich zu einem wunderschönen, selbstbewußten, total liebevollem, großen Kater entwickelt, der heute weder im Katzenklo schläft, noch in Auto's kriecht.

Nachbarhund Bruno, vor dem alle anderen Katzen zittern und einen weiten Bogen machen, kann sich warm anziehen!

Unser Filou ist der Schatz der kleinen Familie.

...

Schätzungen gehen davon aus, daß allein in Deutschland jährlich etwa 500.000 Haustiere ausgesetzt und damit sich selbst überlassen werden.

Und das alles nur deshalb, weil Menschen keine Verantwortung für Ihre Mitgeschöpfe übernehmen und ihnen durch eine Kastration ein würdevolles Leben ermöglichen könnten, man will ein Tier, ja, aber kosten darf es nichts!

Hier liegt noch viel Arbeit vor dem Gesetzgeber, der diese unhaltbaren Zustände ändern könnte, und vor den Mitstreitern im Tierschutz, die oft durch ihre aufopferungsvolle Arbeit an ihre Grenzen gebracht werden.

Danke an Euch alle!

Danksagung

→ den ehrenamtlichen Mitarbeitern und Tierärzten des Tierheims am Landturm Michelfeld, die unsere „Macy" vor dem sicheren Tod bewahrt haben,

→ Frau Doktor Christine Schmidt, unsere Tierärztin in Sulzbach, und ihre Assistentin, Frau Schneider, die aus Macy einen Filou machten und die immer bei allen Wehwehchen unsere kompetenten Ansprechpartner sind,

→ dem Ehepaar Schröder vom Tierschutz Schwäbisch Hall, im Speziellen Frau Schröder, die sich viel Zeit für uns nahm und uns wertvolle Suchtipps gab und uns große Hoffnung machte, daß wir Filou wiederfinden; http://tierschutz-sha.homepage.t-online.de/

→ Frau Fischer vom Tierheim in Großerlach für die sofortige Veröffentlichung einer Online-Suchanzeige; http://www.tierschutzverein-backnang.de/

→ dem Team von Tasso.net, die uns den ersten Trost spendeten und umgehend für die Erstellung einer umfangreichen Suchanzeige sorgten; http://www.tasso.net/

→ Frau Anja Schanzenbach von der Gemeinde Mainhardt, die uns den Kontakt mit dem Bauhof ermöglichte und alle Mitarbeiter der Gemeindeverwaltung informierte; http://www.mainhardt.de/

→ Anja und Eddy, unsere ebenfalls „katzenverrückten" lieben Nachbarn, die mit uns bangten und hofften und unverzüglich das Internet nach unserem Filou durchforsteten!

→ allen Freunden und Bekannten, die uns im Gebet unterstützten und sich mit uns über Filou's Heimkehr freuten!

→ allen Freunden von Filou, insbesondere Bruno, der ganz wesentlich zur Charakterbildung beigetragen hat ... ;-)

→ Last, not least: Unseren herzlichsten Dank an die talentierte junge Künstlerin, die Filou's Geschichte auf solch liebevolle und detaillierte Art illustriert und damit „zum Leben erweckt" hat: Zorana Tadic.

Tausend Dank, Zorana!

http://www.fiverr.com/zoranalp

Wenn Ihr Euch selbst mit oder ohne Eure tierischen Lieblinge in einer wunderschönen Zeichnung verewigen und eine dauerhafte Freude machen wollt, oder auf der Suche nach einem einzigartigen Geschenk für einen Tierfreund seid – sucht nicht länger, sondern wendet Euch bitte vertrauensvoll an Zorana!

Auf den folgenden Seiten könnt Ihr Euer eigenes kleines Tagebuch für Eure vierbeinigen Kumpels und gefiederten Freunde beginnen und es mit tollen Fotos und selbstgemalten Bildern ergänzen.

Und wer weiß, vielleicht wird daraus ja auch irgendwann einmal ein Buch mit Eurer eigenen Geschichte – so wie bei mir!

Liebe Grüße,
Euer Filou

Haustier-Tagebuch

Zeitfracht Medien GmbH
Ferdinand-Jühlke-Straße 7
99095 Erfurt, Deutschland
produktsicherheit@kolibri360.de